파란 장미 속에는 등장인물이 빠져 있었다

시작시인선 0468 파란 장미 속에는 등장인물이 빠져 있었다

1판 1쇄 펴낸날 2023년 4월 21일
지은이 김미순
펴낸이 이재무
기획위원 김춘식, 유성호, 이형권, 임지연, 홍용희
책임편집 박예솔
편집디자인 민성돈, 김지웅, 정영아
펴낸곳 (주)천년의시작
등록번호 제301-2012-033호
등록일자 2006년 1월 10일
주소 (03132) 서울시 종로구 삼일대로32길 36 운현신화타워 502호
전화 02-723-8668
팩스 02-723-8630
블로그 blog.naver.com/poemsijak
이메일 poemsijak@hanmail.net

ISBN 978-89-6021-711-9 04810
978-89-6021-069-1 04810(세트)

값 11,000원

*본 사업은 2023년 부산광역시, 부산문화재단 BUSAN CULTURAL FOUNDATION 「부산문화예술지원사업」으로 지원을 받았습니다.

파란 장미 속에는 등장인물이 빠져 있었다

김미순

천년의 시작

시인의 말

오른쪽으로 몸 날렸는데

왼쪽 손바닥 짚고

결국 한쪽 팔을 도둑맞았다

지켜보던 얼음 새가 야광 별을 만들며 일으켜 주었다

공원 벤치에서 비명이 부서질 때

울음이 웡웡 떼로 덮쳤다

차 례

시인의 말

제1부

계단을 보낸 후에 계단을 얻었다 —— 13
고양이가 우는 계절에 서서 지퍼를 연다 —— 14
구름 한 점 더 걷어 갈 수 있을까요 —— 16
그 무게를 견뎌라 —— 18
기묘한, 2021년 —— 20
꽃 피우는 탑 —— 22
꿈의 바깥에는 붉은 날개가 산다 —— 24
거위의 문장 —— 26
견딜 수 없는 입술을 가진 달 —— 28
내장 자루는 만삭의 애벌레로 수거된다 —— 30
너는 이미 네게 허락했으니까 —— 32
늑대와 여우 —— 34
따뜻한 몇 초 —— 36
23시의 여자 —— 38

제2부

수염 틸란드시아 창밖에서 놀다 ——— 41
모자, 얼굴에 비가 스며들지 않도록 ——— 42
무모한 사냥은 ——— 44
방치된 시간은 어떡하지요 ——— 46
벌이 날아 줘야 꽃이 필 텐데 ——— 48
베갯잇에는 우주 탐사선이 산다 ——— 50
벽지 ——— 52
병동에서 병동으로 ——— 54
비밀이 빠르게 재생되고 있다 ——— 56
뿌리 ——— 58
사계절낚시터 ——— 60
사라져 버린 무대 ——— 62
살아 있는 기록 ——— 64
새콤한 방울토마토는 화요일마다 껍질을 벗는다 ——— 66

제3부

족보는 뿌리다 ——— 71
생각할 시간을 주시면 안 될까요 ——— 72
수면다원검사 ——— 74
수상한 일몰 ——— 76
숫자 4789는 언어를 몰고 오는 벌 떼 ——— 78
신은 어디 있죠 ——— 80
신호등을 걷는 사람들 ——— 82
온, 오프 ——— 84
우리 춤 대결 한번 할까 ——— 86
운동장을 가로지르는 슬픈 빗소리 ——— 88
이건 뭔가요 ——— 90
인형 뽑기를 했는데 죽은 앵무새였다 ——— 92
장독대에 호랑나비가 앉았고 그 위에 왕거미가 기어간다 ——— 94
전원 스위치는 낡아 간다 ——— 96

제4부

지금, 현재 ——— 101
정오의 숲속은 금요일 오후다 ——— 102
존재 관측 ——— 104
종이컵 속의 시체 ——— 106
창밖의 어둠은 뿌리가 검게 자란다 ——— 108
카사바 줄기는 초록색, 이파리는 보랏빛 ——— 110
천천히 와 줄래 ——— 111
파우치 리폼 ——— 112
포식자의 밤 ——— 114
혓바닥이 빨랫줄에 걸린 달팽이가 북을 울린다 ——— 116
파란 장미 속에는 등장인물이 빠져 있었다 ——— 118
오븐 ——— 120
오늘 식사에 꽃과 나비가 올까요 ——— 122

해 설

방승호 무채색, 그 따뜻함 ——— 124

제1부

계단을 보낸 후에 계단을 얻었다

달팽이가 벽을 타고 오른다 무거운 고둥 집을 짊어지고 속도를 높인다 끝이 없는 길, 아직도 몇 뼘을 못 갔다 떠올라야 하나 가라앉아야 하나 비가 온다 풀잎을 벗어나자 순식간에 사라져 버린 아침, 방향을 잊어버렸다 당신에게 달팽이 넥타이를 선물하고 싶다 출발점이 어디였는지 다시 확인해야겠다 기차의 맨 앞 칸 같은 꼭대기는 어떤 세상일까 기류 변화가 느껴진다 몸을 숨기고 기다린다 실종, 저 꼭대기 위로 비행기 한 대 지나간다 장화 신은 먹구름이 몰려오고 동물원의 표범 아이들의 웃음이 따라온다 파트너가 필요하다 아직 해가 떠오르지 않는다 환상을 품고 설렌다 계단이 갈라진다 마이삭 태풍은 가라앉고, 정전된 계단에 앉아 비상등을 켠다

고양이가 우는 계절에 서서 지퍼를 연다

박스 공장 가는 길에 이팝나무 두 그루가 서 있다 그 사이에 새끼 고양이들이 담겨 있는 큰 가방 한 개가 놓여 있다 새끼를 보기 위해 세 살짜리 아이가 조그만 텃밭 고랑 사이로 뛰어온다 거름 냄새를 밟으며 장난기가 작동한다 지퍼를 열고 새끼들과 같이 뒹군다 어미가 묻혀 온 발자국들을 기록한다 눈금을 잰다 새끼들은 오랫동안 지퍼를 닫아 놓아 메마른 채 부서져 내릴 것 같다 물음표가 남는 서늘함이다 하얀 쌀밥 같은 이팝나무

밥그릇이 말라 있는 밤이에요
아는 사람들에게
아무것도 아닌 듯한 미물들에게도
나는 아직 다가서지 못했어요

"좋아 좋아 아주 좋아요
마술피리는 아기의 머리칼을 타고 올라요"

다시 돌아올 수 없는 여행을 준비해요
이 시대의 죽음?
변해 가는 것들이

기후의 바람 소리에 수록되어 있어요
네 혈관에 귀를 기울이고
어깨 위에 손을 얹으면 그 끝이 보이나요
왜 자꾸 머릿속이 이렇게 어지러울까요
광장 바깥으로 돌아서는 검은 바람

허공에 발이 떠다닌다

박스 공장 구석진 곳에서 고양이가 또 새끼를 낳았다
우아한 여우는 갓 태어난 고양이 두 마리를 안았다

구름 한 점 더 걷어 갈 수 있을까요

사라진 잉카의 공중 도시 마추픽추, 파괴된 제국은 베일에 싸인 유적지다 잉카 왕실은 1400년경의 경전이다

계단식 농경지에서 풀 뜯고 있는 알파카의 신비한 도시 사람들은 다 어디로 사라졌을까 1700개 계단에 발을 얹어 놓는다 발목에 뼈 부딪는 소리 나는 지금 늙은 봉우리를 지나 젊은 봉우리 와이나픽추에 서 있다 쿠스코 12각 돌 위를 나뒹구는 메마른 눈동자들 눈이 노란 여자아이가 뛰어온다 향수 냄새가 풍겨 온다

웅장한 소리를 매단다

급경사의 관절

팔목에 걸린 염주 한 알 한 알이 주문을 외운다

사라진 지도가 궁금하다, 산맥과 강과 마을과 사람들은 어디로 사라졌을까

유적지에 바늘을 찔러도 피 한 방울 나오지 않는다

>

유통기한이 지난 숲은 오래전에 삭제되고

발자국은 세계적으로 흩어진다

죽어도 죽지 않는 우리들을 지켜 주면서 세찬 바람을 몰고 다닌다

풍화작용에 얼음의 눈을 뜬다

동굴로 들어서면 먼 강으로 가는 문

입구에 거대한 열쇠가 달려 있다

추운 수족은 준비된 저녁이다

구름 한 점 더 걷어 갈 수 있을까요

그 무게를 견뎌라

어디로 가고 있는지도 모르겠고
어디로 갈 것인지도 모르겠다

그 망할 심령술사의 치료법, 환각이었을까
상처도 없는데 피가 흘러나온다

내가 앓고 있는 장애는 모호한 빛깔을 띠고 있다
약국의 약사가 머뭇거린다
치료가 어렵겠다

액자 속의 꽃잔디 아름답게 썩어 가는 중이다
퇴행이다
죽은 뿌리에 빗방울이 맺혔다

누군가 생각났다
자기 예찬에 빠진 욕망들
유통기한 지난 약봉지들이 쌓여 간다
부레옥잠으로 밀항하는 밤이 시리다

생체 해부, 지옥행 버스

사람들은 어떤 색깔을 나타내며 반응할까
이번 주말에는 뮤지컬이나 보러 갈까
내 노래는 누가 듣지

약국을 둘러보았다
사기그릇처럼 불안한 약들이 진열되어 있었다
선명한 흉터, 찌그러진 비대칭, 새카맣게 탄 옥수수
불길한 하모니카 연주가 들려온다
내 영혼의 그림자를 기록 중이다

기묘한, 2021년

구름 위를 걷다
수천 개의 얼굴을 보아요
행복해지는 비결을 훔쳐 와야겠어요
우린 모두 대지의 형제

한 번도 풀어 보지 못한 수수께끼 우물 속엔 아직 사라지지 않는 도시가 있어요 계절이 바뀔 때마다 기차 소리도 들려요 빗물이 고여 녹이 슬고 며칠 전에 본 나무를 오늘 또 보았지요

이걸 햇볕에 말려야겠어요
이끼를 떼어 내야 해요
여러 가지 생각이 들어요
벌레가 있어요
피에로 인형도 탈색되어 가는 우주에서
우주에 거의 다 왔어요

지금 우리는 힘을 합쳐 싸우지 않으면 안 되지요 우리가 쓰러지면 남들이 흘린 핏빛 통로로 오늘도 퇴근을 해요 아주 작은 시간, 수없이 떨어지는 어떤 예언, 늘 젖어 있는 발

은 겨우 뭍으로 올라왔지만 아직 겨울이에요

이야기를 찾을 수 없어요 새파란 잎이 떨어져 버렸어요

잠들지 않는 나무 그림자
길에 모로 누워 있는 새의 부리 사이로 죽음의 평온이 몰려오지요
누군가의 그림자가 드리우는 순간

물은 바람을 타고 떠나가지요

기차역은 얼마나 남았을까요

꽃 피우는 탑

카톡 카톡, 정성 들여 고른 흔적이 쏟아진다 알몸과 귀 입과 눈 대자연이다

속마음을 들켜 버린 친숙한 야광 별, 태양계로부터 생성될 세포들이다 애원하는 나를 뽑아 주세요

몇 페이지나 되는 프로필

누구는 싸구려라며 혀를 끌끌 찬다 책이나 많이 보세요 실력이나 닦으세요 춤도 아무나 춥니까 춤추는 것을 보면 간이 부풀어 오른 것 같아요 리듬도 엉망 박자도 엇박자죠

심장이 흔들릴 땐 해초를 끓여 먹으세요 등대까진 문제없을 거예요 꼭대기에 오르면 시야에 다 들어오지요 쉴 새 없이 바쁘게 오가는 야광 별

달콤함을 주고받다 5층 창문으로 침투한다, 뛰어내려
별도 뛰어내려요

광장이 펼쳐진다

>

누구의 지문인가 누구의 선물일까

한참 동안 숫자를 세다 계산기를 두드린다 붉은 눈빛을 쏘며 눈알을 부라린다 여기 아무도 없나요 굉음, 낯선 별, 무엇이든 그냥 내버려 두세요

선택의 여지가 없어요

더 넓은 세계로 나아갑니다 줄기로 뻗어 갑니다 엉켜 갑니다 꽃이 피려면 더 기다려야 됩니다 낯선 공장 앞입니다

지워지지 않는 흔적을 남기고 싶어요

우주 탐험대가 출발하고, 탑이 일어서고, 공장이 무너지고

꿈의 바깥에는 붉은 날개가 산다

물침대에 누웠지요
저절로 눈이 사르르 감겼어요
어디선가 보았던 작은 어촌 마을이 보여요
내가 걷는 비포장 자갈길 야자수 한 그루 심었어요
서쪽 하늘에 붉은 날개가 파닥거려요
들판을 열심히 뛰어다니고 있어요
해저드에서 까맣게 머리만 내어놓은 콩나물들
콩 딱지가 목숨을 내어놓고 공을 주워요
밤거리는 한 점 살갗도 남아 있지 않은 잠에 취해 있어요
나는 얼룩말의 심장 속을 들락거려요
부레옥잠이 떠다니는 깊은 웅덩이에서 헤엄을 쳐요
얼룩진 수첩에는 수천 개의 흔적이 찍혀 있어요
겨울 동화를 생각해요
건너편 벤치에 앉아 있던 나비들
뜨개질을 하며 라디오 연속극을 들어요
우리들의 관계 어떻게 될까요
지나는 바람에 휩쓸리지 않으려고 기둥을 붙잡고 있어요
사막의 삽화, 그 눈빛들
날개를 접고 병원 순례를 하지요
나비들의 시끄러운 소리가 들려오네요

누군가와 나누는 대화 중 내 목소리가 들려요
제 영혼을 여기 두고 갑니다
진료 시간 기다리다 지치면
구름들의 포근함이 필요하겠지요
여기가 구름 병동이에요
어둡고 차가운 것들
산그늘 밑에서 슬픈 야자수 지던 날

거위의 문장

공기가 소리를 삼키고 있다

이것은 사랑이 시작됐다는 것이다

넋을 놓고 앉아 한 계절을 지나는 중

부고가 왔다

무거워진 만큼 내 마음을 스스로 위로하며

날아오를까 생각 중이다

바람을 이겨야 하는 화살은 무의식 속으로 날아가고 있다

물음표만 남는 사랑은 유리병 같이 깨지기 쉬운 걸까

빼곡하게 적힌 문장들을 펼쳐 보이던 그날

그 답을 모른 채

>

그림자의 운무 속에서 활주로를 찾아 헤맨다

소리 없는 소리

거위들이 쉬지 않고 무언가 말을 하고 있다

뉘앙스를 먹고 소화시키고 있는 중인가

소설 속에 등장하는 검은 손가락들

손가락을 꼽으며 약속 시간을 기다리고 있다

견딜 수 없는 입술을 가진 달

직육면체 유리관이 있다
그 안에 미라가 비밀스럽게 누워 있다
몇천 년 동안 귀거했을까
지독한 이별이나 구름 일어날 일은 다 일어났다
주위에 서성이는 미라들이 불쌍한 표정을 짓는다

스크린 속의 주인공들
원숭이가 되어 버린 남자 비밀의 꼬리는 길어졌다

세계를 뛰어다녔다 전동차 안에서 안간힘을 쓴다

그녀는 빨갛게 익어 견딜 수 없는 입술을 생각하며 어설픈 표정을 짓는다
깃털을 묻히고 다닌다
낯선 뿔들, 시간을 삽질해 나는 방을 나갔다
비행을 하다가 가지고 있던 재주를 한번 부려 보았다

파란 알코올 유리병 속에 있는 눈은 감아 주는 게 미덕이야
가치와 방향을 고백하고 어제는 곁에 앉아 강물이 거세게 흐른다

>

텅 빈 구멍을 비추는 달빛
이동하는 미라들 깃털에서 달이 자란다
흩어져 있던 깃털이 천천히 떠올라 조용한 미소를 짓는다

온종일 허공에다 발길질을 해 댄다 물속이다
달이 회전문에 끼여 제자리를 돈다
엘시티아파트 꼭대기 그 높이를 따라잡으려면
직육면체 사라진 지도 속의 비행기를 꺼내 올 거야

묘한 향기만 뿜어내는

이제 세상 밖으로 나가 살포시 날아 볼까

내장 자루는 만삭의 애벌레로 수거된다

배꼽을 드러내고 있는 여자
햇볕에 잎들을 말리고 있는 여자
하얀 털복숭이 손을 내미는 여자
벽 속에서 옹알이하는 아이를 끄집어내는 여자
토마토 같은 얼굴을 내미는 여자
강아지와 비눗방울을 날리는 여자

여자가 식탁에서 양파를 까다 말고 성냥을 가지고 놀아요 담배를 물고 불을 댕기죠 냄새가 코에 스며들었어요

꿈속에서 나룻배를 한 척 샀어요 먼 강만 쳐다보고 있어요 젖은 풀숲에 앉아 면봉으로 귀만 쑤셔 대고 있어요 당신하고의 완전한 소통을 원해요 탐스러운 아홉 명의 아이들, 겨울을 지나 여름이 타고 있어요 이슬이 너무 많이 내리죠 손수건은 가방 속에 있어요

촉진제를 꽂았어요 두꺼운 주삿바늘은 손바닥처럼 익숙해요 막힌 혈관들은 모두 증표에요 파도가 밀려와 구름을 뒤덮어 버리죠

>

두꺼운 고무호스의 발그레한 꼭지를 틀어요 갈증 난 긴 터널을 목욕시켜요 회전의자에서 날고 있는 모시나비에게도 마른 꽃이 걸어갈 때에도 낮잠에서 막 깨어난 아장거리는 방울토마토에게도 말이 많은 케일에게도 샤워를 시켜요

분리수거된 페트병과 유리병 사이에 누가 애벌레를 두고 갔나요 생활 쓰레기 속으로 한 무리의 아이들이 걸어 들어가요 아이들이 하품을 하고 트림을 해요 입에서 참새가 튀어나와요 새벽까지 불면이었어요

너는 이미 네게 허락했으니까

내 따뜻한 이불 속으로 당신을 데려왔어요 무엇이든 소통될 수 있는 관계를 무관계라고 하지요 이제 움직일 준비를 하시죠 인정하고 싶지 않아도 인정해야 돼요 내가 아는 세계를 바꾸려면 우리 사이의 전쟁도 계속되겠지요 우린 끝내야 할 일이 있어요

아직도 미끈거리는 당신의 눈동자엔 아직 진실이 비치지 않아요 지금 이 순간도 내게 배신할 기회를 준 거지만 당신이 사는 세상을 보고 싶어요

어떤 남자가 신의 나라로 날 데려갔지요 날이 밝으면 기억을 잃어버릴까 봐 두려워요 시간은 두렵지 않아요 당신이 할 일은 아무것도 없는데 부풀어 오르는 입술이 도넛 같아요

깊은 꿈에서 헤어나지 못해요 꿈속의 서랍을 열어 보니 시계들이 잠자고 있었어요 내 어깨 위의 날개가 부러졌어요 울었어요

지난밤 태풍은 도로 한복판에 나무를 옮겨 놓았어요

>

유령, 7일 동안의 죽음
그림자가 무대로 넘어가기 전에 검은 장례식을 보았어요

여름, 흩어진 발톱을 주워 그늘을 덮어 주었죠

서쪽 하늘에 비가 몰려오고 있어요

사람들의 발에 밟혀 죽은 사람들

유령이 무리 지어 밤을 떠돌아 다녀요

늑대와 여우

소문이 돈다
아카시아 향 러브 스토리
동물원 안에서 묻어 나오는 야릇한 봄
달콤한 실루엣이다

늑대는 여우에게 온라인으로 작품을 다 써 주었다
냄새나는 상이라는 상은 다 받았다
박수 값은 한 번도 치르지 않았다

고기를 뜯을 때는 눈빛에서 눈빛으로 전율이 흐른다

노래방 간 날, 늑대는 백여우의 동영상을 찍는다 무릎 위로 눕힌다

닭들은 모니터에만 집중하려고 애를 썼다, 꼬끼오
고양이는 마이크를 잡고 신나는 노래를 부른다, 야옹야옹
나머지 두 놈이 비아냥거리며 이빨을 세워 내 발을 깨물고 생난리 블루스를 춘다
토끼는 술에 취해 붉은 눈을 크게 뜬다 디스코를 춘다
닭과 토끼가 딱 붙어 블루스를 춘다 꼬끼오 꼬끼오 아리

랑 고개가 넘어간다

동물원이 문을 닫으면 카페에서 몇 시간이나 기다린다
늙은 말에 태워 큰 정원까지 데려다준다 몇 년이 그렇게 흐른다

몇 년 못 가 백여우의 바람이 다른 곳으로 불었다

늑대가 눈치를 채고, 밥그릇도 빼앗고 동물원에 못 나오게 했다
옆에서 두둔하는 닭과 고양이들도 쫓아 버렸다

지금도 여우는 인정받는 시인이 되고 싶어 감춰 두었던 꼬리를 노골적으로 펼치고 다닌다

비린내 나는 골목에서도 묘한 향내를 풍긴다

열두 개의 꼬리가 자꾸 불어난다

따뜻한 몇 초

냉장고 문을 연다
비린 몸을 핥으며 걸어 나오는 것은 무엇일까
봄바람이 분다
숲의 계단에서 큰 잎사귀가 내 옆에 앉으며 무너진 물소리를 내고

하얀 머리칼을 가진 큰 소나무가 내 머리를 손질한다
지퍼를 열면
거꾸로 가는 세상 내가 사는 미래
아무도 열 수 없는 현재가 쏟아진다
타들어 가는 냄새를 없애는 것은 진통제일 뿐
목구멍에 고인 울음이 아직 내려가지 않는다

꽃잎을 흔들며
나뭇잎을 흔들며
열매를 떨어뜨리며
악기를 연주하는 식물들

소매가 나풀거린다 낮인데도 어둡다 긴 골목길이 여러 갈래로 찢어진다

담벼락에 손을 맞댄다
따뜻한 몇 초
푸른 나비가 어른거린다

계란 껍데기가 부서져 공중을 떠돌 때

건기와 우기를 지나며 온몸에 귀를 매달고 날갯짓을 배웠다
세상 밖으로 나가고 싶은 발가락들
우린 모두 고아야

사각 도시락 위에 계란후라이

그 따뜻한 몇 초

23시의 여자

턱은 파르르 떠는 꽃 이파리 잠시 한눈파는 사이 박쥐가 설탕 속에 갇힌 여자의 눈을 파먹었다 손으로 전화하는 흉내를 내며 하루 종일 혼자서 통화하는 여자 수상하다 혓바닥에는 붉은 해바라기가 피었다 첫눈만 생각하며 사는 모래 여자 무엇 때문에 배회하고 있을까 비상구를 찾아야 한다 물의 오염으로 부패되어 가는 물고기들 머나먼 풍경 속 흑백 고양이를 지워야겠다 많은 꽃들이 내 주위로 몰려와 젖은 입술을 숙덕인다 말끔히 차려입은 여자들 붉은 눈을 뜨고 있다 거리에 가득한 안개, 코 안의 꽃가루를 파내 줬는데도 미용사의 샴푸 냄새가 난다 커피 통에다 시럽을 수십 번 눌러 담는 여자 평강 천한 바퀴를 돌고도 다시 돌아와 이물질을 꾹꾹 짜 넣는다 커피 잔을 빼앗아 버렸다 손은 시럽 통 위에 얹혀 몇 번 안 눌렀는데요 오늘은 스무 번만 퍼 올리면 안 될까요 태연한 둥근 목소리만 굴린다 입 속에 캔디를 빨고 있으면서도 단 한 번도 달콤한 냄새를 맡아 보지 못한 허기를 빤다 내가 걷는 넓은 길은 또 다른 길 나는 사람들의 발자국을 따라가고 있다 눈 뜨고 혼자 밤인 듯 천 리 밖의 꿈이 배달되는 오후 23시

제2부

수염 틸란드시아 창밖에서 놀다

의자 위에 나비가 졸고 있다 그림자가 흩어진 벽에 걸려 있는 틸란드시아 물을 주고 가지치기를 해 준다 상승기류를 타고 자랐다 새가 날아갔고 몇 개의 비를 몰고 왔다 얼룩진 돌무더기들이 모여들고 한낮을 열면 구름이 여러 개 눈알을 달고 있다 눈물로 이별을 했다 그 안에 들어앉아 있는 틸란드시아 이미 내 가족이 아니라는 걸 알았다 여덟 개의 아름다운 기둥 이스탄불 솔로만 목욕탕에서 슬픔을 씻고 기도를 했다 작은 눈빛들이 입술을 내밀었다 지금도 나를 원망하는가, 모자를 벗는다 아침이 더 밤인 듯하다 다시 모자 속이다 뿌리를 처박고 바닥에 떨어진다 바람의 발가락이 비올라를 연주한다 어쩌면 나는 슬픔을 지우기 위해 틈만 나면 창문을 두드리는지도 몰라 깃털이 돋아나고 눈물도 많지만 몇 행의 오르가슴에 흥분된다 오랫동안 유리병에서 돌고 또 돈다 안개 조감도는 나뭇가지에 걸려서 거듭 태어난다 아직도 물을 주어야 한다 감당하기 벅찬 반란이었던 것 같다 창문 밖에서 수염이 나부낀다 자연광의 속성을 숨겨 둔다 선명하게 돋은 파란 풀잎

모자, 얼굴에 비가 스며들지 않도록

달에는 어떤 이야기가 담겨 있을까요 무서워요 이건 녹슨 참치 캔 모자 녹슨 가루는 소중하니까 새 붓보다는 낡은 붓으로 모자를 그려 봐요

삼 층 모자를 쓴 메리가 와인병을 들고 와요 두 번째 노래가 끝날 때쯤 숙취가 심한 남편이 깨어났어요 내 방에서 조용히 긴 휴가를 즐기세요

뜰채에 잔디 가루를 뿌려 주면 풀이 빼곡하게 자라나지요 건물의 뒷모습이 모자를 닮았어요 44번이 친 야구공이 바닷물에 빠졌어요 오늘의 메인이벤트를 시작할게요

베이컨을 재료로 요리를 해 볼게요 나에게 호의를 베푼 거 감사해요 영상 통화는 별로예요 비가 내리려나 봐요

이제 핫도그를 만들 차례예요 퇴거 명령을 받았지요 이 땅은 돈을 주고 샀어요 따지려면 따져 봐요 너무 몰아붙이지는 마세요 나 같은 절름발이는 아무도 원하지 않아요

다음은 카레로 만들 차례지요 야크 털로 만든 옷을 입고

계단을 올라가요 계단 꼭대기에서 비가 내리지요 강변으로 가기 싫어요 너무 몰아붙이지는 마세요 젖은 모래 속에서 콩 볶는 연습만 하고 있어요

많은 비가 내리기 전에 모자를 써야겠어요 더 많은 비가 계속 내리기를 바라요

무모한 사냥은

틈만 나면 소총을 닦는 사람이 있다
나침판 하나 없이 사냥을 간다

예상치 못한 일이 생겼다 고라니라도 한 마리 잡기 위해 깊은 숲속으로 들어갔다 짐승은 한 마리도 보이지 않았다

삶의 무게를 이기지 못해 오발을 해 버렸다

한 번도 느껴 보지 못한 두려움과 마주하다 산천의 무법자는 갑자기 돌변했다
어디선가 날아온 총알이 머리를 관통했다

몇 번의 수술 끝에도 구멍이 아물지 않았다

나는 짙은 어둠을 보았다 멀고도 외로운 길이 펼쳐졌다 내가 원하는 건 권력이다 하지만 한발 늦어 불리한 증언이 되었다

소독 냄새를 맡으며 끝까지 견뎌 낼 수 있었다

>

흩어지는 총알들

바람이 세차게 분다

마침표로 가는 길목의 겨울은 몹시 춥다

문명과 동떨어진 원시의 장소로 향해 간다
빨리 몸을 회복하고 집으로 가야 하는데 아무는 속도가 너무 느리다

나는 정의로운 사람이다

나의 탄알에 죽어 간 짐승들에게 제사를 올린다

숱한 오발의 삶이었다

방치된 시간은 어떡하지요

테이크아웃 커피집이에요 전광판에서 춤추는 기획들 메뉴판들, 유자가 유리병 안에서 전봇대를 들이받았어요 향이 튕겨 나와요 카센터 유리창을 뚫고 질주했지요 상대 운전자도 노랗게 변했어요 보험사가 비상구 아래로 실족당하고 경찰이 출동했어요 조서를 꾸미는 방향이 찬바람만 불어요

누구 실수가 큰지 모르겠어요
우린 같은 피해자니까 진정 좀 하시죠

커피나 한잔 할까요

계속되는 말싸움
몇 개 안 되는 의자에 앉기 싫어요
운전자는 다시 돌아와, 흠 그래도 커피 향은 여전하구먼
상대방 운전자는 난데없는 대답에 폭발하고 말았어요

뒤로 걷던 사람들에게 에워싸였어요

짙은 향기를 풍기는 유자 향
이렇게까지 할 필요가 있겠어요

성대가 부풀어 오를 때까지 부풀어 올랐어요

웬 삿대질이에요

유자 유자 향 유자

공포가 조성되고 진한 냄새만 남았어요

카센터 통유리에 비친 얼굴을 알아볼 수가 없어요

방문객들은 '돌아가시오'

방치된 시간은 어떡하지요

벌이 날아 줘야 꽃이 필 텐데

벌이 사라졌어요

말 시키지 말아요
캔버스에 그림을 다 그리고 나니 아무 생각이 없어요
꽃들은 제각기 이름과 모양과 색깔 다 다르지요

짝을 못 찾고 있어요 조급함을 버릴 수가 있을까요
꽃밭에서 수컷을 잃는다는 건 치명적인 일이에요
그렇지만 일찌감치 안 될 것 같으면 떼어 내어 버려야 겠지요
어떤 것은 살아 있을 때 아무것도 바뀌지 않을 것만 같아서
때로는 보내야만 비우는 것이지요

서사를 완성하려면 새 캐릭터가 필요해요

엄마는 매일 보챕니다
지쳐서 몸이 흔들리죠
꽃을 다림질하면서 혼잣말로 중얼거립니다
늑대라도 나타나서 잡아가 버렸으면
참새라도 키우며 살고 싶어요
결혼하고 아이 하나둘 낳으면 똑같지

두꺼비면 어떻고, 오징어면 어때요
쏟아진 푸념에 절망이 뒤엉켜 있어요
껍데기만 남았어요

결혼이라는 공개 석상
혼자 살기를 터득해야겠죠

생각하다 못해 꽃을 이용했어요
참새 눈물만큼의 꽃술을 꼬리에 살살 흔들어 주었어요
선택할 시간이에요

엄마의 휘파람 소리를 들어 보는 게 좋겠어요

베갯잇에는 우주 탐사선이 산다

오목거울 앞에서
당신은 머리카락을 손으로 빗질하고 면도를 합니다
화장하는 당신의 얼굴은 보이지 않는 거울 뒤입니다

구두 안에서 살고 있는 다람쥐
달그락거리며 작은 근력 운동을 합니다
다람쥐가 단풍나무를 타고 오릅니다
빗물이 고인 계곡에 비행접시가 착륙합니다

새들이 가득한 방 안으로 들어갑니다
문을 안으로 잠급니다 바깥이 불쑥 문을 열고 들어옵니다
당신의 모습을 거울에다 인화합니다 침묵은 견고합니다
두 눈에서 별똥이 떨어집니다
베갯잇에서는 엔진 소리가 들립니다

원숭이가 들어올 수 있도록 문지방 낮추는 작업을 합니다
위태롭게 걸어왔던 길
달과 기후가 가화합하는 우주 탐사선에서 봄을 기다립니다
온도가 변화하는 벤치에 앉아
가쁜 숨을 몰아쉬며 긴 겨울을 받아들입니다

>

음악에 취하고 타히보차를 마시며
한 편의 소설을 읽고 쓰다 지우고 또 씁니다
등산객들의 목소리가 들려옵니다
발자국이 깊은 사람들
신발 밑창으로 빠져나가는 다람쥐

낯선 안내자가 가르쳐 준 우주 탐사선의 내부가
새카맣게 그을렸습니다
창으로 들어오고 있는 달은 매일 서커스를 합니다
당신은 허탈한 미소를 지어 보입니다
눈물로 채워진 광장

벽지

엷구리는 얇은 석고로 처리한다

자기네들끼리 어깨 걸치며 서로 힘준다
범위를 늘여 가며 온통 자기들만의 세상이다
여러 사람들이 서로 따가운 눈총을 주고받는다
한 무리 제비꽃, 보랏빛 뾰족구두가 걸어간다

동물 인형을 색깔별로 깔아 놓고 기록한다
검은 노트북이다
모두 갈아엎어야 되겠지만 이탈은 곧 죽음이다

한 마리도 이탈하지 않는다 매일 칼만 간다
거짓말들이 송곳처럼 나를 쑤신다
진실은 앞으로 나아가질 않고 색채만 남아 있다

욕심으로 버티는 무게
긴 머리칼을 휘날리며 언더그라운드에서 만날 것을 기약한다

잠을 잔다 벌레 물린 피부에 약을 바른다

언제라도 나에게 도전해 오면 응하겠다

후각이 마비된 것처럼 처음부터 너를 잃어버렸다
어려운 부호들로 꽉 차 있는 상자

그때 벽을 두드리는 소리가 났다

말들이 벽에 부딪친다 높은 창문을 열어 놓고 달이 뜨길 기다린다

한참을 기다리고 있다
철마다 예쁜 색감의 옷을 만들며 행성들이 나를 가둔다

아직은 걸음이 무겁다

병동에서 병동으로

혼자 여행, 조용히 약봉지를 챙긴다
동아대학교병원 현관, 요동치는 물결에 쉴 틈 없어 몸은 스티로폼이 된다 소독 냄새, 나의 심장박동 소리를 듣는다 간절하다 간절하다 간절하다 여러 번의 도약 여기서 잠시 내려놓는다

나는 자주 국경을 넘는다
지뢰를 밟아 날개를 빼앗기고도

알림 문자에는
"성장을 촉진하려면 질문에 응하라"

지금 무슨 말을 할 수 있을까
이중성에 대해 무언가를 기대하며

SC, ID, IM, IV. PR, PV*에 오늘
습도 높은 엠알에이 안으로 머리를 넣고 천년수를 생각해 볼까

꼬여 있는 내부 조직은 편해질 수 있을까

아흔아홉 개의 질문을 거둔다
생각을 포기했다
유전이라는 것은 끊을 수도 있고 함께 공생하기도 한다
무슨 의도일까

백지 한 장의 무게 모든 증상을 인정하고 그늘과 함께 살아간다
부표로 떠 있다 뿌리, 물, 여린 가지에는 그늘진 등뼈, 목, 귀, 쓸개, 맹장, 눈에까지 뻗어 간다

진찰실은 허허벌판

병원 의사 소견서를 들고 안과, 신경과로 여행 온 나는

* 의학용어.

비밀이 빠르게 재생되고 있다

K의 중소기업은 부도가 났다
헌 작업복에 저녁의 옆구리가 스며 있다
가위눌림이 가슴을 누르는
아흔아홉 개의 새들의 눈을 본다
절망, 추위의 무게와 색깔
일직선으로 펴 보지만 두께는 똑같다
꼬인 매듭에는 눈물이 배어 있다
페인트칠은 잘도 말라 간다 흙먼지가 날린다
지하 창고의 구조물이 무너진다고 해도 그건 최선이었으니
비명이 터지자 마른 울음이 번져 간다
하얗게 질린 바람은 눈금 밖으로 빠져나간다
넥타이를 조이며 그동안 놓쳤던 페이지를 생각한다
일상은 별이 소멸하는 속도로 우리에게 다가온다
가슴 한 곳 리듬이 사라졌다
아사풍으로 비뚤어진 입은 아무 문제가 없다
비옷을 입고 거미줄을 타며 겨우 옹알이를 하고 있다
나풀거리는 소매 위에 개미가 알집을 물고 있다
죽은 화분들이 분갈이한다
비밀이 추락했다가 느릿하게 등장했다가 빠르게 재생되고 있다

직원들은 눈물이 흐르는 기계를 닦는다
공장 내부를 손질하고 새로운 문을 만들었다
개미가 물어다 놓은 꿈이 심장에서 자라난다
긴 겨울을 보면서 방향을 잡아 가는
힘찬 생명의 기계 소리가 난다
옷에 기름이 흘러내리는 슬픔의 극장
새의 깃털은 넝쿨 줄기를 올라간다

뿌리

불지옥이다 당장이라도 토사물을 쏟을 것 같다 부족들은 자랑스럽게 살다 죽는다 우리를 보호구역에 가둬 놓고서 그들은 체로키 땅 전부를 빼앗았다 칼과 활마저 빼앗고 언어를 빼앗고 구슬 목걸이도 몽땅 가져갔다

안전한 곳은 없다 왼쪽은 페니 실험 숲이다 보안 선을 연결한다 보이면 다 죽는다 플러그를 뽑는다 오류가 발생한다

여긴 안전한가 아이가 바닷물에 발을 담그고 섰다 환하게 웃는다 이 상황이 끝나면 상쾌한 아침이 밝아 올 것이다 나는 셔츠를 입고 넥타이를 맨다 하지만 우린 체로키 인디언이다

동질성의 독백, 수직 계단과 상징, 세상에서 가장 빠른 원주민 도로를 따라 움직인다 동물들이 포효하는 소리가 들려온다 초원이다 새끼 코끼리가 쓰러져 있다

살아남아야 된다 탈출해야 한다 자유 자유 자유

보급 물자가 들어온다 마차 두 대가 곧 도착할 것이다 물

러서라 잃을 것도 없다 보여 줄게 있다 무기들이다 장소랑
시간을 기억하라

선은 넘지 마라

폭도들이 몰려온다

총열에 기름을 바르고

동작 개시

사계절낚시터

국제시장 먹자골목
포장마차에는 쥐치가 연탄불에서 하품을 한다
한 마리씩 뜯으면서 우린 만났다

단발머리다
하늘색 장미꽃 투피스에 두 손을 찔러 넣고 있을 때
네가 나를 불렀다
최초의 만남과 쥐치를 뜯으며 미래를 생각한다
심장에서 녹지 않는 푸른 계절
향기가 난다

종각 집 이층에서 불어 터진 튀김우동을 나무젓가락으로 건져 올린다 그 방은 내가 가진 단 하나의 방이었다 한번씩 찾는 유일한 그 방의 좌석은 잠시 붙었다 유일하게 아직 겨울 이야기가 살아 숨 쉬는 곳이다

양쪽으로 늘어선 양품점 쇼윈도 사이로 불빛이 흘러나온다 이 골목 어딘가 묻혀 있을 풋사과, 가방 속에서 화장품과 책이 뒤엉키는 소리, 사과는 좌판 너머 모서리를 돌아 아직도 비행하고 있다

>

어김없이 계절은 돌아와 정원 속에 파묻혀 있다 창문을 닫는다 나비가 되어 날아간 너의 행방, 땅 위에 떨어진 무수한 낙엽들 연신 몸을 부풀린다 너의 거울 앞에서 내 모습을 바라본다

펼쳐 놓은 악보에서 노랫소리가 들려온다

문을 비추고 있는 햇살
마법의 동굴이 얼굴을 바꿔 놓는다

너와 내가 간직한 일기장, 이곳을 지날 때마다 뿔을 붙잡고 있다

도심의 절에서 들리는 풍경 소리

사라져 버린 무대

해결의 열쇠, 반전 반전 또 반전
하지만 오늘 밤 나는 다른 일을 할 거예요

쉿!

전 세계가 바람 가득한 배구공 같아요
춤에 빠져 있으면 안 되겠죠

검은 색채의 일주일이 다가올 거예요
내게 필요한 것은 불꽃
어디서부터 태워야 할까요

요즘도 헛것이 보입니까

변신해야 할 때가 온 건가요
초능력을 발휘해야 될 것 같아요

오늘은 엑스
산 위의 날씨는 여전히 무덥습니다
바람은 이때 생긴 거예요

>

이 계절을 이겨 내려면 단백질이 필요해요 애벌레가 든 벌집, 꿀 보존 법칙, 하얀 입김이 서려 있고 실험실엔 붉은 눈빛의 외계인들, 애벌레 찜을 먹고 무대 준비를 해야겠죠

시선 끌어당겨 봐요
쏟아지는 칼바람

불가능한 대비는 물속으로 사라져 버려요
나의 불타는 모습을 보여 주고 싶어요

박수와 함께 퇴장

살아 있는 기록

2000볼트 전압, 천둥소리
그리고 당신과 나의 숨겨진 1센티에서
당신은 주파수의 비밀을 알고 있었어요
죽기 싫어했지요
맞서 싸워야 한다는 한마디
나는 지금 어두운 곳에 갇혀 있어요
무슨 기록을 남기겠어요
함부로 말하진 않을게요
××에서는 로이법을 위반하면 살인에 가담한 죄로
전기의자에 앉아 베이컨처럼 구워질 거예요
살아 있는 시체가 검게 타 버렸어요
나타샤가 날리는 600만 볼은 시작에 불과하죠
권리를 보호받기 위해서예요
과학적으로 간단하게 말씀드리죠
날이 갈수록 격화되고 있어요
설명하긴 좀 그래요 왜 별은 이렇게 늦게 뜨죠
당신이 애쓰는 걸 누가 알까요
사람이 개미와 똑같다는 거 거울 속에나
그 장면을 봤을 때는 커튼 뒤에 숨어 있었어요
당신이 발포할 것 같아서죠

어떤 문장보다도 길고 무서웠어요
권총을 들이대며 물었지만
부동자세로 그 자리에서 얼어 버렸죠
원형을 잃어 갔지요
완전한 개인도 아닌 우리들은
보호받기 위해서 기록되지요

새콤한 방울토마토는 화요일마다 껍질을 벗는다

책가방 속에서 비밀이 뭉개진다 비밀 팩에서 쏟아지는 방울토마토의 다양한 입술들이 과제를 나누어 준다

문장을 완성하기 위해 오늘도 육지 상어와 함께 과제를 푼다 먼 기억 속의 말을 기억하고 당신은 내 쪽으로 다가왔다

길을 찾지 못하고 낯선 사무실에 주저앉았다 알프스산맥을 오른다 오답만 가지고 노는 나는 해저 터널 몇 개를 지난다 한순간에 잘려 나간 영혼들 지문만 남겼다

온몸에 낯선 행간들 두꺼운 껍질을 벗는다

비 내리는 날

너를 오래 들어다 보았다

지지대도 없이 잘도 자란다

바람 부는 쪽으로 웃음을 짓는 자신만의 생존법

>

알몸을 숨기기에 바쁘다

빨강 노랑 파랑 귓속에서 새싹이 자란다

태양을 찾아 옆구리에 넣는다

다른 종으로 번식 중이다

배추흰나비들이 날아오른다

어디를 향해 오늘도 비행하시는 건가요

제3부

족보는 뿌리다

뿌리가 도착했다 뿌리가 선명하게 뻗어 간다 온화한 숨소리가 난다 함박눈 쏟아지는 소리들이 흘러나온다 이 태조가 묻힌 창문을 건너간다 책장이 부풀어 오른다 끝이 없는 비망록의 기록 타원형 테이블 위에서 돌아간다 푸른 물소리 헛기침 소리 들린다 쌓아 올리다 무너진 돌탑 서당에서 공부하고 있는 모습들이 보인다 후손들을 기다리는 울타리가 보이고 어떤 명성들이 소리 없이 걸어오고 있다 열한 개의 뿌리 칼을 휘두르며 호령한다 핏빛 얼굴을 파묻고 왕관을 쓴다 푸른 잎사귀의 뒷모습들 학이 되어 날고 싶나요 표정 없는 얼굴들 물빛을 가만히 들여다본다 뿌리들을 불러 모아 연대기를 설명한다 오랫동안 다양한 빛깔이 모여 만들어진 꽃나무들 언젠가 당신의 잎사귀는 가늘게 남을 것이다 이 태조 24대손, 성령대군 22대손, 족보 속에 남을 준비는 되었는가 살아남은 언어로 살 것인가 눈에 보이지 않은 자양분으로 살 것인가 영혼들을 흔들어 깨운다 우리의 영혼은 마지막까지 산다 이제 돌아갈 시간이다 씨앗은 또 태어날 것이다

생각할 시간을 주시면 안 될까요

대서양을 건너가지요
활주로를 따라 어딜 가시려고? 새털구름을 먹어 치우는 가요

크리넥스 통 속에서 몇만 년 동안 뒹굴다가 눈을 떴지요
유령도 함께 뒤엉켜 있었어요

하얀 꽃바람이 비행장까지 마중을 나왔어요
비뚤어진 글씨체 현수막이 펄럭입니다
여기는 할리우드 영화의 전당입니다

발바닥 손바닥 찍힌 콘크리트 수면 위로 바람이 흘러가지요
지혜로운 신들은 목으로 입술로 키스를 하지요
그림자가 수없이 지나가고 있어요
찍히지 않는 당신의 발자국만 남겨 두고

저 멀리 프레시디오 오브 샌프란시스코 노래가 흘러나올 때
죽음의 통로가 열리고
보니타 등대와 로데오 비치가 계단을 올라가지요
요새를 지나면 금문교가 나와요
다리가 떨리지요

녹슨 관절이 셀 수 없이 튀어 나와요
그 붉은 다리 녹을 벗기고
페인팅으로 버티는 무게
악명 높은 알카트리즈 감옥 뒤의 반대편에는
어깨의 고래 힘줄 근육이 아파요
꽃말을 혼자 지어 보는
바다 위에서 선명해지지요
붉은빛에서 주황색을 머금고 바뀌어 가는 시차
시간 밖의 관계를 아시나요

수면다원검사

원을 그리면 음색이 드러난다 침묵은 하얗다 하늘을 올려다보며 하루 종일 숫자를 세고 있다 무대는 다시 어두워진다 나는 회전목마가 된다

사과꽃이 피는 과수원, 자장가 소리는 울음이다 쏟아지는 얼룩들이 양악기 속으로 파고든다 수증기가 코끝으로 초점을 맞춘다 환상 속으로 펼쳐지는 곳, 파랗게 숨어 있는 바람이다 눈금 앞에서 발길질을 하며 부리는 묘기

신호가 적색으로 바뀐다 공기방울 속에 숫자를 감춘다 침묵이다 계단을 오르내려도 발자국은 되지 않는다 수천 개의 양악기 속에 나를 가둔다 양쪽 소매와 양다리를 빼앗기고 새장의 새처럼 바닥에 똑바로 누워 있다 시침이 정지한 벽시계가 층계를 내려온다

9에서 11의 중증이다 5시간 수면, 68번 무호흡이다 오른쪽 왼쪽 마이너스 플러스를 합치면 59 알프스산맥과 무인도가 나타난다 물비늘이 흐르고 습도가 높아진다 바람 섬으로 통하는 동굴은 끝이 보이질 않는다 밤공기를 태우는 바람 소리

>

사과나무를 타고 기어오르는 뱀이 있다

도끼로 뱀을 죽이고 도망친다 비밀의 문이 열린다 내 영혼은 두 팔이 끌고 다닌다 횡단보도 앞에서 잠깐 멈춘다 허공에 떠 있던 시간과 내 손가락과 물비늘이 묻은 그릇을 닦아 놓는다 맑은 물을 담는다 오랫동안 뭍에서 허우적거린다 하얀 건반 위에서 돌아가는 회전목마

수상한 일몰

뿌리는 한 쌍이라지만
꼭 짝이 있어야 하나요

바람의 소식을
북극 새의 울음소리를 들을 수 있을까요
강력하고 무거운 발톱, 부리는 짧은데도 깃털도 없는 그런 새들

화산은 없지만 마그마는 흘러 다니지요

두 눈 가득 눈물이 흐르더군요

바위 구멍 속에 새끼들을 부화하고 주말 새벽에 일을 나갔다가 저녁에 들어오니 아무도 없었어요 편지 한 장 달랑 남겨 놓고

둥지는 언제나 절벽 위에 있었어요 새끼들은 솜털이 빠지고 깃털로 바뀌기 시작했어요 새털구름은 새끼들을 데리고 어디로 다녀오시는지요 새끼들은 혼신의 힘을 다해 날갯짓을 하지만 계속 떨어지지요 이제 죽었구나 할 순간, 새

털구름이 다시 태워 주었어요 구름 위에서 떨어지는 연습을 했지요

엄마는 끝내 한 사람에게 도달하지 못했어요 안타까웠어요 현재라는 곳이 삼분법에 속한다는 것을 왜 모를까요

엄마의 울음소리가 또렷했고 나는 잠을 설쳤지요 가끔 소리가 들리도록 문을 조금 열어 놓고 잠들곤 했지요

한동안 엄마를 찾아 안 가 본 데가 없어요 죽을 만큼 미웠어요 그럴 수밖에 없었다고 생각하고, 기다림으로 마무리했어요 그래도 무언가 분명히 말해야 될 것 같아

오는 세 번째 주말에 레몬 향기에 취할 거예요

숫자 4789는 언어를 몰고 오는 벌 떼

벌 떼가 윙윙대며 벌통을 들락거린다

여왕벌이 쑥 캐던 나비 콧등을 쏘아 버렸다
산짓골 들판이 떠내려갔다
아이들의 눈이 휘둥그래졌다
잊지 못할 그날의 꿈
뽕 이파리에 가려서 행서체에 묻혀 버렸다

갑자기 벌 떼의 어긋난 행렬이 나에게 덮쳤다
내 발가락 사이로 모래가 흘러내린다

4789, 4789
호랑이 코털 파내는 게임이다
네잎클로버의 궁금증이다

상처에 입김이라도 한번 불어 주었더라면
그날은 경황이 없어서 몹시 미안했다
약이라도 좀 발라 줄걸
우리는 지금 숨바꼭질을 한다
무거운 얼굴들이 번갈아 나타나고 있다

>

노란 붓질이 뛰어노는 스케치북
내가 가만히 있어도 우리는 가만히 있지 않는다
버티다가 밀려나고, 건조한 수사법에는 강물의 속삭임
4789 숫자를 움직이는 벌 떼

자동차 트렁크를 열면
벌 떼가 연료를 꿀인 줄 알고 빨고 있다
유채꽃을 항상 주의하세요
봄꽃이 없는 허공
햇볕 가리개를 향해 외쳤다
여자아이의 비명 소리
벌 떼들이 윙윙거리는 소리 4789, 4789

신은 어디 있죠

뿌리는 쓰다

악마의 발톱을 두려워하지 않는다

달콤한 말 한마디에 씨앗이 나온다

반성의 시간

혼자 잠들어 밤새 아팠다

새 필터 넣은 것처럼 맑은 눈동자였는데

리듬을 타며 살고 싶었는데

소머즈랑 원더우먼이 되고 싶었는데

무슨 말을 해도 아픈 손가락들

방울 소리가 난다

>

당신이 지나가시는가, 당신이 오시는가

내 심장이 흔들린다

밤이 낮과 교대하는 시간 난 아직 어둠을 들고 있다

날개를 이어 붙이지 말아라

관계는 단순하게

계단에서 나를 떠밀던 손을 용서하라

주머니에 손이 옛날을 먹어 치우지

신호등을 걷는 사람들

길 건너 은행나무에 신호등이 켜졌다
수천 개의 눈들이 깜박인다

8차선을 지나 회전교차로를 걸어간다
나의 수면은 어디쯤일까
들숨과 날숨

바닥에 깔려 터져 버린 은행알들

신호등으로 뻗어 가는 은행나무 가지. 신호등이 꺼지겠지

여기에서 다 끝난 게 아니야
건널목이 어디인지 알 수 없다

회색 빌딩 고개가 옆으로 무너지고 뒤로 그림자가 드리운다

이 거리에는 아무도 열 수 없는 문이 있다

들어가도 되나요

>

그 안에서 무슨 일이 벌어지는지도 모른다
물의 파노라마
내 가슴은 새가슴이 되고
숨을 헐떡이면 신호등이 보인다

생각에 몰두하는 잎사귀 사이로

노랗게 물든 은행알들이 우두둑, 당신의 발바닥에 떨어지는 동안

온, 오프

불시착입니다

식탁 위의 꽃병이 흔들렸어요

다시 생각할 때예요

포도주도 쏟아졌어요

비행기가 빌딩 위로 추락했을 때
내 날개가 강 속에 착륙한 것 같았어요

엔진이 꺼졌습니다
그게 불만이신가요
경험은 풍부했지만 데이터가 부족했어요

새 떼들과 함께 무사히 회항할 수 있었어요
휘황찬란한 공중의 집들도
충돌에 대비해야겠죠
불안이 활주로를 맴돌고 있어요

>

이륙 허가를 받았나요
비상 상황이라 어떻게 할 수가 없었어요

테이블을 올려 주시기 바랍니다
안전하게 날 수 있어요
우리는 또 다른 행성이 되겠네요

날개에 앉아도 될까요

우리 춤 대결 한번 할까

전봇대에서 춤추는 새
저녁이 날아온다
발이 움직이면 몸이 깨어나고
높이 뛰어오르면 머리와 마음도 함께 뛰어오른다

로봇 춤을 추고 싶다
미물들의 깃털이 움직인다
우리는 꿈을 꾸는 낙엽, 새싹이 돋을 때까지, 그리고 똥
밟는 새
조용한 음색이 계단 위로 흘러내린다

낯선 상상력의 날개를 펴고 허공으로 날아오른다

약동하는 힘
세계관은 넓은 유리창을 넘어 어디론가 발끝을 올린다

몇 초의 질문
박자가 맞지 않은 움직임
가난의 바이러스
우리는 조립되고 변형되는 댄스 타임, 큐브 큐브

이제 달의 표면으로 몸을 가져가야 해
달콤한 너의 춤은 케이크

우리는 잠시

리듬을 타고 은은하게 움직이고 있어 좌우로 움직이다 내 눈길을 의식한 듯 스카프는 지느러미가 되고 발은 늘 허우적거리고 있어

팔은 떨어지고, 거리 공연이 끝난 뒤의 마네킹은

운동장을 가로지르는 슬픈 빗소리

시멘트 바닥에서 개구리 한 마리 눈알을 크게 굴린다
아이가 탄 자전거가 고속으로 달려와
끈 풀어진 운동화 위로 지나간다
이리 갈까 저리 갈까 망설이는 개구리

마른 풀숲으로 들어가 친구들을 불러 모은다

벚꽃 그림자가 만발하고
꽃향기는 하얀 건반을 두드리고
물안개는 붉은 입술을 스친다

개구리는 그새 많이 컸다

군용 담요에 화투 패가 깔려 있다
화투 그림 속에서 휘파람이 새어 나온다
배팅은 틀리지 않지

운동장을 가로지르는 슬픈 빗소리

무슨 악기일까 비밀은 달콤하다

>

빨주노초파남보는 지워지는 색깔
네 목소리는 비명에 가깝다
꽃을 흔들어 본다
바닥의 아래쪽은 누구의 흔적일까

바람 빠진 고무풍선이 청바지를 입고 바닥에서 잠을 자다 갑자기 일어선다

땅거미가 다가온다

풍경이 바뀐다

운동장을 가로지르는 슬픈 빗소리

이건 뭔가요

맨해튼 컬럼비아 대학교 캠퍼스 여름 산책 길이에요 꽃들이 수다를 떨고 계단을 내려가고 있어요 누군가의 눈빛과 마주쳤어요 외면했지만 몰래 훔쳐보았지요 순간 꽃은 다리가 풀려 나뭇가지 속에 엉켜 버렸어요 시간이 멈춘 풍경 같았어요 길게 늘어뜨린 나무의 줄기는 물을 쉽게 흡수하진 못했어요

짝지 찾기예요 소중한 물건 줍기 놀이를 준비했어요 오늘은 그런 여유를 즐기러 가는 중이에요 수많은 유형의 공간이 형성되지요 졸업을 하고 나면 뭘 하지, 표정들이 혀끝에서 온몸으로 번져 가지요 그때 북쪽에서 바람이 불어왔어요 바람을 피하고 나니 자꾸 그가 생각나 전화를 했지요

극적으로 다시 만나 표정을 살피며 대화를 이어 갔지요 꽃은 주인공이 되어요 그렇지만 모든 걸 내가 하라는 대로 해야 날 수 있어요 공부를 생활화해야 되지요 그럼 지금부터 괄약근에 힘을 주며 우는 연습부터 해 보세요 오랫동안 인공 눈물로 살았어요

멍 자국 지우느라 이파리가 흔들렸어요

>

웃는 연습은 하지 않아요

꽃은 언제나 주인공이에요

인형 뽑기를 했는데 죽은 앵무새였다

피스톤이 고장 나 그냥 밀어서 떨어뜨렸다
누군가 빙글 돌며 낚시에 걸렸다

당신이 숨을 쉬지 않았다
정전 속에 빠졌다

내가 죽으면 구름이 먼저 나를 태우고 갈 것이다
수첩에 적힌 얼룩을 파먹었다
운동기구들이 부서져 있었다

앵무새의 발가락에 물갈퀴가 돋아난다
청보리가 일렁인다 나는 풍선이 된다
낡은 액자 속의 숲이 흔들린다
개미집이 기어간다
누군가의 발자국, 말라 버린 밤

나의 도전이 절벽 끝에 매달려 있다
떨어지는 나뭇잎들 멀리 돌아서 가는 길이 가까웠다
단 한 번의 발자국이 장미 넝쿨의 담을 넘어간다
신비로운 동굴, 불안한 숨소리

로프를 조금씩 풀어 준다 온몸을 파고드는 적막
큰 바위가 사라지고 빛의 속도에 내 눈은 충혈된다

울음소리 들린다
아직도 앵무새는 태어나지 않았을까

나는 지친 나를 지워 가고 있다

장독대에 호랑나비가 앉았고 그 위에 왕거미가 기어간다

호랑나비가 태양을 삼켜 버렸어요 풍경은 소녀를 붙잡고 있군요 풍선을 손에 쥐고 광장으로 달려 나가요 호랑나비의 한쪽 발가락은 항상 울음을 달고 다니지요

호랑나비 옆구리에 왕거미가 걸터앉았어요 서울로 부산으로 시골 고향 집에 들어오길 몇 번을 되풀이했는지요

생각해 본 적 있나요 적막한 방 안에서 항상 모로 누워 지내며 슬픈 겨울을 벗어나지 못하는 노모를요

농 안에 있는 유행 지난 몇 벌의 한복, 한 번도 입어 보지 못한 채 불타는 초가지붕 위로 던져 버리면 힘없이 떨어지는 불똥의 눈물을 나는 보았지요

반야심경을 읽는 호랑나비

균열과 퍼즐 사이에는 거미줄이 쳐져 있고 왕거미가 주술성이 강한 손을 내밀며 화해의 말을 건네죠 상처가 많은 꽃이 아름다운 꽃이래요 작은 꽃들에게 하얀 입김을 심어 주었어요 광장 안에는 많은 입들이 모여 살아요

>

레일 위를 구르는 나는 누구일까요 입구에 늘어선 두 그루 분재형의 소나무 앞에서 봄을 두드렸어요

장독대 위로 달구비가 내리고 있어요 버려진 양파가 뒹굴고 있지요 12월의 달력은 왕거미와 호랑나비 이야기로 마무리하고 싶어요

또 한 번 브레이크 없는 이별이 다가오고 있었어요 호랑나비는 하늘 높이 날고 있었지요

왕거미는 어디로 사라졌을까요

가슴에 온 전율이 어둡게 돌아누워요

남겨진 뿌리는 흙 속으로 스며들어 말라 가고 있어요

전원 스위치는 낡아 간다

리모컨을 켜면

농바우 바위 위에서 우리들의 물고기 흉내가 시작된다
수천 개의 표정으로 한꺼번에 웃는다

물고기들의 웃음소리만 듣고 있는 등대
우리가 새파랗게 얼어 가고 있을 때
바위틈에서 젖은 옷을 갈아입고
갈매기를 기다린다

돌계단에 앉아 오가는 배를 바라본다
절벽 위에서 물고기들의 이름을 불러보자
눈을 지그시 감고 입술이 포개어지면
물고기들은 술에 취해 배를 뒤집고 누워 있다

누군가 파도 소리 같은 비명을 지른다

물고기들이 벼랑 아래로 떨어지고 있다 손을 빼 들 수가 없다
다른 쪽으로 사라지는 발자국들

슬픈 건반을 파도의 뿌리에 심어 두고

넌 별이 되었지만

난 나비가 될 거야

날개를 펼 수 있을까

검은 글자 속으로 걸어간다

아무 말이나 중얼거리며 손을 휘젓는다

구름 속에 갇힌다

제4부

지금, 현재

안압이 차오른다 안구를 인공 눈물로 씻어 내면 세상이 보인다 마지막 계절 안구에 손님이 찾아왔다 손님이 도구를 꺼내든다 외계에서 온 손님치곤 너무 잔인하다 전투는 시작되고, 그냥 앉아 당할 수만은 없다 이대로 가면 아무것도 볼 수 없을 것 같다 벽시계의 나라에선 우리를 기다리고 있다 우리는 여행 중이다 공백기가 연락을 끊는다 시야는 넓어지고 난기류처럼 다가오는 장애물을 감당할 수 있을까 네 생각과 내 생각이 달라도 같은 말이다 인질로 삼진 말아 줘 부탁이야 공포가 무표정하였다고 안심이 될까 보고서를 제출해 주면 고맙겠다 깃털은 어디에 숨겨 두었을까 녹내장이란 진단 거짓말이다 사막은 펼쳐지려고 생겨났다 각막 속에 검은 자막이 새겨지고 있다 내가 숨을 쉬고 있는지 확인하려 입을 움직여 본다 물 밖으로 머리를 내밀고 눈을 뜨면 직선은 곡선, 동그라미는 X가 되고 초점이 잡히질 않는다 안압 속의 세계를 향하여 기원전 2022년을 건너가고 있는 중이다

정오의 숲속은 금요일 오후다

금요일 오후엔 무슨 일이 일어났나요

어렵게 엮인 사랑은 또 어렵게 풀릴지도 몰라요
세상을 바로 잡으러 달려 나갔어요
당신은 어떤 색깔의 옷을 입고 있나요

숨겨 놓은 고민이 있습니다
무의식은 하얀 백지예요 빙산의 일각일 뿐이지요

당신이 입고 있는 옷은 누구의 옷인가요

오랫동안 목말랐나요 긴 터널 같은 당신의 속마음을 알고 싶어요

숲은 불을 품어요

어떤 색깔의 편지를 읽었나요

작은 물고기들은 미끼로 쓰인대요

>

작업복 주머니 속에는 앵두 세 알 살고 있어요

의자 테이블이 부서져 있는 깊은 계곡은 무서워요
편지에는 내가 알 수 없는 기호들이 찍혀 있어요

에콰도르에서는 여인들이 거대한 실타래를 돌리고 있어요
전통은 따르는 것이 좋지요

더 높은 관람석에 앉아 황소 싸움을 지켜보지요
하늘에서 양탄자를 보내 주었어요

오타발로 가축 시장으로 천 마리의 양을 몰고 왔어요
제5호 물레가 돌아가는 숲속이었어요

존재 관측

전깃불이 튀는 순간 손가락 두 개가 뒤틀렸다 대칭을 이루고 있는 것끼리 통증을 호소한다 손가락들이 서로 다른 방향으로 지시하고 있는 평야는 넓고 먼 미지의 세계다

주름투성이 손을 내민다
여름밤 마당에 피워 놓은 모깃불 연기에 휘둘린다 완결된 구조의 설계도를 부정하지 못하고 중심의 기둥부터 구멍이 뚫렸다 비뚤어진 목선까지 벌레가 들어와 사진의 내부 세계를 어지럽힌다

실험실을 찾자 한 치의 오차도 없이 눈금 사각 틀 안에서 파라핀과 내 열다섯 손가락이 경합한다 허공에 턱을 괸 보드라운 털, 바람에 가볍게 흩날린다 망원경이 잠깐 눈을 감고 자물쇠를 채운다 슬픈 첼로 소리가 바다를 건너간다

하나의 선으로부터 방향을 예측한다 늦게 눈을 뜬 여자, 검게 변해 가는 윤곽은 뚜렷한 시간의 생채기를 남긴다

검은 신발을 신은 사람이 북쪽 숲으로 걸어간다 팔꿈치를 들어 화분 안으로 옮겨 심는다

>

지친 그림자들이 냄새를 피우며 눈높이를 조절한다 붕대를 감은 전구가 퍼즐을 끼워 맞춘다 찡그리고 있는 손가락에 흑백 건반들이 물결친다

술렁거리는 인파 속에 제라늄이 피었다

종이컵 속의 시체

게임을 한다 생쥐 잡기, 송어 붕어 잉어 제일 좋아하는 건 이 게임의 규칙이다
눈이 맑아야 하고 바다의 풍경이 보이는 사람이라야 참가할 수 있다

우린 작은 물고기였다

종이컵이 어수선하게 기울어 있다
모래 위에 시체가 나뒹굴고 사람들이 웅성웅성 모여 있다
당신은 붉은 울음을 우는 상어가 되어 있다

우린 둘 다 망가져 있다 쏟아지는 비

커튼 속에서 헤어날 수가 없다
폭풍 때문에 나가기 어려울 것이다
당신이 나타났으니 오늘 정오의 깊이는 얼마나 될까
입에서 피비린내가 튀어나온다

그쪽이 원하는 게 뭐니

>

뇌우가 쏟아지는 지금
당신에게 한잔 따라 줄 테니 가방 속의 물건들을 꺼내어 보아라
도수 높은 술은 금물이다
시험 삼아 이 장비를 무료로 써 봐라, 규칙이다
제발 그 생쥐를 잡아 주면 고맙겠다

여긴 대체 어디야

여전히 기상이 좋질 않다

붉은 상어는 알아듣지 못하고 미세하게 떨고 있다 눈빛이 흔들린다
먼 과거가 은어들처럼 파닥인다

유품을 정리하고 어두워지면 시체들이 깨어날 거야

창밖의 어둠은 뿌리가 검게 자란다

너의 바코드는 슬픈 눈이다
비밀 기호 1번이다
사랑을 하면 날개가 돋아날까

사회성이 필요하다

지렁이와 달팽이들이
꼬리 잘린 고양이의 영역에 침범한다
진열장 안의 코미디 빅 리그

생쥐가 시를 가지고 논다 언어들이 늦은 밤 음식물 쓰레기봉투를 뜯으며 인간과 공생하려 한다

미물들의 황홀한 울음소리

미세하게 떨리는 건 침묵이다

천 년쯤 별빛에 묻혀 어둠을 달고 다닌다

한 뿌리 모종을 한다 슬픈 단어를 심는다

>

빗줄기를 바라본다

화해를 해야겠다

진열장 앞에 있는 거울 안에는 씨앗의 입자들이 모여 산다
내가 화장하고 고양이가 키스하고 생쥐가 나를 알아보지 못하고
창밖의 어둠은 뿌리가 검게 자란다

을숙도 수문 옆구리 팔각정 안에서도 노숙자들의 진한 쟁탈전, 하얀 현기증이다 한 잎 두 잎 떨어지는 조팝나무 꽃 그림자 사이로 들려오는 울음소리

창백하게 불어오는 바람과 함께 물어뜯고 뜯기고 나뒹구는 죽음들

카사바 줄기는 초록색, 이파리는 보랏빛

내가 왜 케일 샐러드를 만드는지 아세요 일과가 시작되는 날이면 멋있게 차려입은 그가 오지요 경계가 수척해질 때마다 어서요 당신 나를 열고 들어오세요 찌릿한 오르가슴, 오르가슴 넌 내가 사랑한 시간만큼 고통스러워야 해

허리 한 움큼의 열쇠는 전광판에서 광고하는 사내의 얼굴을 지웠다 비트코인은 어떻게 돼 가는가요 긴 골목에서 떨어지는 간판들 이동 경로를 알아내야 해요

오토바이가 도심의 구조물 사이 유리 벽을 넘어 보려고 애를 써요 탈출구는 천 개의 울음 당신은 날 벗어날 수가 없어요 국경을 향해 달려가 봐요 우린 운명이에요 원하는 게 뭔지 알아요 당신에게 많은 걸 갚게 해 줘요 앞으로 잘해 봐요

무례한 행동을 사과하러 왔어요 거침없이 뛰고 구르고 웃어야 하기에 당신은 저널리스트 꿈이 이뤄진 건가요 어떻게 할 건가요 가기 전에 한 번만 더 날 열어 주세요

천천히 와 줄래

감정은 기후라고 부르겠어요

사람은 자기 얼굴을 모르잖아요 몇만 년 동안 잠들어 있는 당신을 깨워 볼게요 아직 별이 되지 못한 씨앗들, 풀이 돋는 관절 과도한 몰입이 낳은 습성이 불행을 낳는다지요

선반 위에 얹혀 있는 하얀 봉투 속에는 무엇이 있을까요 본론을 꺼낼 때가 되었네요 관심 없는 척, 소나기처럼 갈래갈래 찢어지는 말들은 언제 건네야 할까요 달콤한 장면 뒤에는 어떤 의미가 있을까요 벌레 먹은 문맥 사이로 장화가 푹 빠졌어요

아지랑이가 눈동자를 덮어 버렸네요 수선화도 채송화도 탱자 울타리도 다 걷어내고 투명한 렌즈를 눈에 넣었지요 양악기를 끄고 나면 잠이 잘 올까요 잠 속으로 빨간 탱자가 날아다니고 훌쩍 키가 자란 채송화는 담장을 넘어갈까요

벌레가 끝을 향해 기어갑니다 씨앗은 줄기 속으로 합류할 수 없잖아요 우린 한 번도 미래에 닿은 적이 없으니까요 달팽이 혀끝에 달린 끈적이는 말들

우린 이제 어떤 기압골 속을 흐르게 될까요

파우치 리폼

내가 원했던 동작이 실현되지 못할 때
나비들이 애벌레에서 막 깨어나 살포시 난다

남해 국도 19호에서
파우치가 떨어져 나뒹굴었다
다른 파우치들이 그 위에 또 포개어졌다

연구에 실패한 기술자
새로운 기계를 발명할 수 없었다

큰 눈을 두리번거리는 햇살
어디로 갈지 몰라 파우치 안으로 숨어들었다

하루 종일 전화를 받았다
작은 가방에 통장 서류 도장 등을 챙겨 넣었다
지퍼가 터졌다
끈이 닳아서 끊어졌다

종합병원에서 몇 달간의 입원
호흡법을 찾다 결국 양악기에 얼굴을 맡긴다

세균들의 포효하는 소리
낡은 파우치가 열린다
한 편의 영화다, 충격적 장면
거친 숨소리와 침범하는 무희들이 출구를 향해 걷는다

폐선의 밤이 열린다

포식자의 밤

파티가 시작된다
포식자와 함께하는 밤

혐오와 차별, 하얀 가면 속이다 다양한 기후 해방구는 안개 속이다

우리의 미래는 안전한가?

동물들이 사는 곳에 인간이 갇혀 있는 것 같다

'탈출'

아침의 무게를 저울질할 수 없고, 공중전화 부스는 밥줄을 타는 광대다 수화기 밖으로 사랑이 빠져나간다 하늘에는 곳곳에 박혀 있는 밤의 행성

블라인드를 치는 소리

점박이하이에나는 짐승다운 짐승이다 훌륭하다 표범의 먹이를 강탈해서 차지하기도 하고 먹고 남은 먹이를 숨기기

도 한다 슬픈 밤이다

숲속에 혼자 있는 게 아니다 알 수 없는 무리들도 있다 이 깊은 곳에서 나를 쫓아낸다 눈이 붉어진다 천천히 멀어져 간다

나무 사이로 맥박은 흘러 다니고

나는 왜소하고 검다

귀가 잘려 나가고 눈이 움푹 파이고 입이 다물어지지 않는 현장을 수색 중인 하이에나

그가 시야에서 사라질 때까지 나는 불안하다

포식자들이 자꾸 움직인다 여기서 벗어나야 살아남을 수 있다

어둠을 뚫고 들려오는 소리, 치명적인 만찬의 발원지에서

혓바닥이 빨랫줄에 걸린 달팽이가 북을 울린다

드라이플라워 한 다발 화단에 흩트러져 있다
누가 내다 버렸을까

쉼터 창가에서 초록색 블라우스에 온몸을 집어넣고 있는 여자

피가 거꾸로 흐른다
우리는 무서운 인간인 것 같아
유리 벽을 타고 기어오르는 달팽이를 보면
사람들 발에 깔리거나 생매장당하는 것 같아

이 꽃밭은 무엇으로 완성되었을까

젖은 콘크리트 담장을 타고 올라가는 달팽이 어디로 사라졌을까

액자 안의 캔버스만 만국기처럼 펄럭이고
둥글고 붉은 사과를 닮은 여자를 바라본다

풀 냄새를 맞다가 댄싱 나간 스타킹에 눈을 내리깐다

핸드백에서 거울을 꺼내어 환상의 립스틱을 바른다

드라이플라워는 웃고 있었다 산장에 있는 카페에서 장식용으로 벽에 걸려 있었다 창문이 덜컹거린다

어두운 카페가 잠든 사이 바람을 멈춘다

할머니를 태운 노인 병동 버스는 흰 액자 속으로 천천히 들어간다

풀밭 위에 흩트러진 마른 플라워에서 붉은 싹이 돋아난다 검게 말라 죽었다

혓바닥이 빨랫줄에 걸린 달팽이가 북을 울린다

파란 장미 속에는 등장인물이 빠져 있었다

호흡이 뛴다
불완전한 우리는
앙증맞은 두 볼

세 살짜리 아이가 몸체만 한 물조리개를 들고 꽃들에게 간다 뒤뚱거리며 고랑을 타고 미끄러지고 넘어지며 꽃눈을 향해 간다, 창문까지 자라는 가지 끝을 맴도는 탄 냄새

아이가 큰 소리로 말한다
저쪽 네 송이의 꽃 앞에서 담배 피우지 마세요

아이를 쳐다보는 그가 웃는다, 입 속에서 누런 구름이 흘러나오고 속눈썹은 움직이지 않는다 벗겨진 이마는 햇볕에 번들거린다

타다 남은
꽁초 같은 웃음이 아무 데나 던져진다

꽃들을 환영하는 접속의 시간

>

꽃 중에는 아이를 알아보는 파란 장미도 있었다 꽃의 발목을 잡고 거꾸로 들자 파란 하늘이 쏟아지고 파란 입술이 떨어져 내렸다

파란 장미 속에는 등장인물이 빠져 있었다
앙증맞은 아이는 파란 것에 중독된다

파란 고민
파란 꽃밭
파란 오후

뒤뚱거리며 꽃 속으로 들어가는 파란 엉덩이

오븐

작은 열매들이 한쪽으로만 익어 간다
희귀종이다

혼자 먹는 소스, 이 느낌
디저트로 불빛이 나올 시간이다

마지막까지 꺼내지 못해 무한 변주된 말은
어떤 맛일까

바이러스처럼
생채기를 뱉다가 알레르기를 뱉다가 레이저를 쨰다가
눈두덩이 멍든 몽상가인 채로,

유리병에 갇혀
생크림이 먹고 싶어지는 저녁

발음되지 않는 말들
깨닫지 못한 감정은 이종교배, 돌연변이
웃는 낯으로 즐겁게 먹어 보자

>

소박한 파스타로 부탁해요
환상통을 앓는 면발이면 더 좋겠어요
앵두 파이는 곧 완성이 되겠죠

혼종으로 태어나서 경험해 보지 못한 활자들은
굴뚝으로 흘러가도록 내버려 두고

크게 입을 벌려 봐
착란의 밤과
발음하지 못한 나머지의 말들을 넣어 줄게

오늘 식사에 꽃과 나비가 올까요

노랗고 파랗게 익어 가는 꽃잎을 뒤집지요

흰 거품의 여자를 흔들며

양귀비가 걷잡을 수 없이 흔들립니다

스위치를 올리면 몇 겹의 바람이 불어와요

큰 꽃과 나비를 초대하고 싶어요

홀로 식사하는 사람들의 옆구리로 접시꽃 향기가 스밉니다

모니터 앞에서 스위치를 켜고 짧은 답신을 보내지요

카네이션 몇 송이가 비 냄새를 묻히고 다닌다고

쳇바퀴를 돌리며 봉숭아는 저녁을 물들이고 있어요

그런 날 여자는 주둥이가 긴 장독 안에서 비밀을 건져 올려요

>

목이 부러진 나비가 엄마 위에 떨어졌어요

쏟아지는 별을 바라보면서 유언을 하죠

곤돌라에 실려 허공으로 흩어지고 말았지요

음력 2월 열이튿날, 늦은 밤

오늘 식사에 꽃과 나비가 올까요

해 설

무채색, 그 따뜻함

방승호(문학평론가)

1

> 회색 빌딩 고개가 옆으로 무너지고 뒤로 그림자가 드리운다
>
> —「신호등을 걷는 사람들」 부분

무채색. 색상과 채도가 없으며 명도가 낮은 색. 이것은 모든 빛을 흡수하는, 어둠을 상징하는 색이다. 모든 것이 그을린 듯한 세계. 지금의 상징계를 드러내는 색은 어쩌면 이것에 가까울지도 모른다. "여전히 기상이 좋질 않다"(「종이컵 속의 시체」)라는 언급처럼 무채색이 디폴트가 되어 버린 현실. 그렇기에 슬프게도 현실은 누군가에게 절망적이고도 우울하게만 느껴질 수 있을 것이다. 그런데 어둠이 부정적

인 것은 단지 어둡다는 시각적 차원의 이유 때문만은 아니다. 어둠이 위험한 것은 미처 숨지 못한 존재들을 기어코 흡수하고, 기억의 경계에서 부유했던 조각들을 끝내 망각하게 만들기 때문이다.

시인은 질서 속에 사라진 존재를 주목하는 사람이다. 눈에 보이는 것보다는 통상의 시각으로 좀처럼 보이지 않는, 그렇게 쉽게 감각되지 않는 존재에게 더 섬세한 자가 바로 시인이다. 그러므로 언어를 다루는 자, 다시 말해 시인은 "부레옥잠으로 밀항하는 밤"(「그 무게를 견뎌라」)으로 향하는 사태들을 포착하고, 이것을 자신만의 언어로 형상화하여 다시 수면 밖으로 꺼내는 것에 익숙하다. 지금 우리 앞에 있는 김미순 시인 역시 예외는 아니다. 그동안 침착한 태도로 세계를 관찰하며 시를 써 온 그는, 이번 시집에서 생성하는 존재보다는 소멸하는 것을, 떠오르는 것보다는 가라앉는 사태를 시로 다룬다. 가령 "사라진 지도가 궁금하다, 산맥과 강과 마을과 사람들은 어디로 사라졌을까"(「구름 한 점 더 걷어 갈 수 있을까요」)라고 물어보는 화자의 목소리는, 이러한 특징을 드러내는 단적인 사례라 할 수 있다.

> 액자 속의 꽃잔디 아름답게 썩어 가는 중이다
> 퇴행이다
> 죽은 뿌리에 빗방울이 맺혔다
>
> —「그 무게를 견뎌라」 부분

이야기를 찾을 수 없어요 새파란 잎이 떨어져 버렸어요

잠들지 않는 나무 그림자
길에 모로 누워 있는 새의 부리 사이로 죽음의 평온이
몰려오지요
누군가의 그림자가 드리우는 순간

—「기묘한, 2021년」 부분

시인의 관심은 이렇다. 잔디가 아름답게 썩어 가는 모습을 보고, 새파란 잎이 떨어져 버린 모습을 포착하는 일. 그리고 이러한 순간의 사라짐을 시로 언어화하는 것. 이것이 시인의 관심사다. 이러한 습관은 자신의 주변에서 일어나는 사소한 사태들을 기록하는 습관에서 시작되었을 터. 이렇게 습득된 섬세함으로 시인은 다른 이보다 더 민감하게 존재의 상실을 감지하는 감각을 체득하게 되었을지도 모른다. 그래서일까. 시인의 시에는 "죽은 뿌리에 빗방울이 맺"히거나, "죽음의 평온이 몰려오"는, 그렇게 "누군가의 그림자가 드리우는 순간"과 같은 무채색 이미지들이 곳곳에 음각되어 있다.

"검은 색채의 일주일이 다가올 거예요"(「사라져 버린 무대」) 라는 시인의 말에서 느껴지듯이, 시인이 제시하고 있는 풍경들은 무채색으로 뒤덮여 있다. 이러한 모습은 어두운 밤을 배경으로 하거나, 비가 내리는 정황과 함께 제시되는 것이 특징이다. 그런데 중요한 사실은 이러한 상황이 반복적으로 출몰하며 시의 전체적인 분위기를 지배하고 있다는 점에 있다. 사람이 의도하지 않아도 불현듯 다가오는 비바람의 움직임처럼, 무채색의 이미지는 시인의 언어와 함께 조금씩 시집을 어둡게 물들이고 있다. 이것은 의도한 것도 의도하지 않은 것도 아니다. 그저 언어가 움직이는 방향으로 함께 떠다니고 있을 뿐이다. 비처럼. 어둠처럼.

> 서쪽 하늘에 비가 몰려오고 있어요
>
> 사람들의 발에 밟혀 죽은 사람들
>
> 유령이 무리 지어 밤을 떠돌아 다녀요
>
> —「너는 이미 네게 허락했으니까」 부분

> 더 많은 비가 계속 내리기를 바라요
>
> —「모자, 얼굴에 비가 스며들지 않도록」 부분

> 땅거미가 다가온다
>
> 풍경이 바뀐다
>
> 운동장을 가로지르는 슬픈 빗소리
>
> —「운동장을 가로지르는 슬픈 빗소리」 부분

이번 시집에 기록된 시구들이다. 여기에 기록된 구절만큼이나 더 많은 밤과 빗소리를 시인은 보고 들었을 것이다. 그의 삶에 늘 밤이 지속되고 늘 비가 내리는 것은 아닐 테지만, 시인에게 더 깊이 있게 새겨진 감각은 낮의 맑음보다는 밤의 어둠과 빗소리일 것이리라. 그런데 시인은 더 많은 비가 내리기를 바란다고 고백한다. 그렇게 어둠이 스며들고 공간을 "가로지르는 슬픈 빗소리"가 들려오기를 원하는 것이다. 시인의 언어가 놓이는 곳이면 늘 일어나는 기상 현상. 왜 시인에게는 무채색 하늘이 함께하는 것일까.

어둠은 낮에 존재했던 것들을 가리지만, 그 대신 죽은 사람들을 시 속에 소환하고, "유령이 무리 지어 밤을 떠돌아다"니는 모습을 종이에 재생시킨다. 현실의 질서 속에서는 좀처럼 보이지 않는 존재, 그렇게 기억의 테두리 밖으로 사라진 존재들의 공간을 어둠이 마련하는 셈이다. 그들에게 밤은 곧 낮과 같은 것. 그러므로 시인이 형상화하는 '밤'의 정경은, 단순히 무채색으로 뒤덮인 시간을 지시하는 것이 아니다. 이는 타자들이 살아 숨 쉬는 시간, 그들에게는 '낮'의 다른 말이기도 하다.

그러므로 "더 많은 비가 계속 내리기를 바"란다는 화자의 말은 타자를 위한 시간이 더 많아지길 바라는 시인의 목소리다. 비가 오면 세상은 곧 무채색으로 변하니까. 그리고 무채색 세계에서 타자들은 떠돌 수 있으므로. 여기에 시인의 비밀 하나가 숨겨져 있다고 생각한다. 시인은 시를 쓰며 비를 몰고 오는 사람, 다시 말해 풍경에 변화를 일으키는 사람이라는 것. 고정된 현재를 위해 사는 사람이 아니라 현실에 균열을 내는 사람이며, 세계에 틈을 내고 기어코 비를 내리려는 사람이라는 사실. 그렇게 고정된 질서에서 벗어나기 위해 노력하는 따뜻한 마음이 이번 시집에 숨겨져 있다. 왜 따뜻하냐고? 적어도 시인은 자신만을 위해 세상을 바꾸려 하지 않으니까. 그는 타자를 위해 시를 쓰는 사람이니까.

2

기록한다는 것은 있었던 사실을 적는 것을 의미한다. 그러나 시를 쓴다는 것은 미처 기록될 수 없는 사실을 기록한다는 점에서 일반적인 수기와는 다르다. 그러므로 시인이 시를 쓰는 일은 표면적 사실에 대한 기록이 아니라, 영원하지 못할 것만 같은 사태를 언어화하는 일에 더 가깝다. 김미순 시인이 소멸 가까이에 있는 존재, 기억과 망각의 경계에 있는 존재를 주시하는 것도 이러한 이유 때문일 것이다. 현실의 테두리에서 떠돌고 있는, 그렇게 잊힐 것만 같은 위태로운 존재들을 위해, 시인은 자신의 언어를 기꺼이 내어 준다. 이 일이 다시 어둠을 마주하는 일일지라도.

미세하게 떨리는 건 침묵이다

천 년쯤 별빛에 묻혀 어둠을 달고 다닌다

한 뿌리 모종을 한다 슬픈 단어를 심는다

빗줄기를 바라본다

화해를 해야겠다

—「창밖의 어둠은 뿌리가 검게 자란다」 부분

제목부터 온통 무채색으로 가득한 위 시에서, 시인이 주목하는 세상은 거창한 행복이 있는 곳도 아니고, 강렬한 열정이 숨 쉬는 곳도 아니다. 오히려 그가 형상화하려는 세상이란 작은 존재들의 "울음소리"를 듣고, 미세하게 떨림을 일으키는 침묵의 소리를 듣는 곳에 가깝다. 어둠 속에서 들려오는 타자들의 소리, 그것이 만들어 내는 작은 떨림을 감지하는 세상. 시인이 무채색 하늘을 호출하고 밤을 배회하는 이유는, 어두운 곳에서 타자의 소리를 더 잘 들을 수 있기 때문일 것이다. 이러한 섬세한 배려와 마음이 시인의 시에 새겨져 있다고 말하면 어떨까. 그러므로 무채색 세계는 질서에 묻혀 있던 떨림을 포착할 수 있는 세계로 채색되고, 시인은 그곳에 미래를 심는다는 마음으로 뿌리를 심는다. 그렇게 오늘도 "슬픈 단어를 심는다".

단어를 심는 일이다. 시인이 시를 쓴다는 것은. 그가 시를 쓰는 일은 무채색 세계에 언어의 뿌리를 심는 일과 같은 것이다. 그런데 그가 심는 일은 "슬픈" 단어를 심는 일이라는 점에서 특별하고, 그 슬픔의 조각을 자신의 가슴에 먼저 적어 본다는 점에서 한 번 더 특별해진다. 이렇듯 타인의 슬픔을 진정으로 슬퍼하기 위해서, 어떤 존재는 다른 사람의 슬픔을 가슴에 새기기도 하는 법이다. 그렇다면 타인의 슬픔을 슬퍼한다는 것은 무엇을 의미하는가. 슬픔은 스피노자에 따르면 존재의 역량이 줄어드는 사태를 이르는 말이지만, 타인의 슬픔을 슬퍼하는 슬픔은, 타자에 대한 사랑의 다른 이름이 될 수 있다.

하지만 다른 존재의 슬픔을 함께 슬퍼하기엔, 우리가 가진 슬픔이 너무 많다. 구름이 생기면 비와 바람이 같이 오듯이, 하나의 삶이 태어나면 두 개의 슬픔이 생기는 무채색 현실. 그렇기에 이곳에서 누군가를 위해 마음 일부를, 아니 자신의 언어를 떼어 준다는 것은 어렵기만 하다. "밥그릇이 말라 있는 밤이에요/ 아는 사람들에게/ 아무것도 아닌 듯한 미물들에게도/ 나는 아직 다가서지 못했어요"(「고양이가 우는 계절에 서서 지퍼를 연다」)라는 언급에서 알 수 있듯이, 시인 역시 아직 온전히 타자들을 향해 다가서지 못했음을 고백하고 있다. 그러나 시인은 적어도 포기하지는 않는다. 그는 "높은 창문을 열어놓고 달이 뜨길 기다"(「벽지」)리는 마음으로 오늘도 슬픈 단어를 심고 있으니까. 잊지 말자. 시인은 비를 몰고 오는 사람, 아니 달이 뜨기를 기다리는 사람이라는 사실을.

> 후각이 마비된 것처럼 처음부터 너를 잃어버렸다
> 어려운 부호들로 꽉 차 있는 상자
>
> 그때 벽을 두드리는 소리가 났다
>
> 말들이 벽에 부딪친다 높은 창문을 열어 놓고 달이 뜨길 기다린다
>
> 한참을 기다리고 있다
> 철마다 예쁜 색감의 옷을 만들며 행성들이 나를 가둔다
>
> 아직은 걸음이 무겁다
>
> —「벽지」 부분

달이 떠오르기 전까지, 시인은 계속해서 자신의 언어를 종이에 새겨야 한다. 잃어버린 '너'를 찾기 위해 시인은 어느 때보다 더 신중하게 언어를 선택해야만 한다. 이것은 마치 "어려운 부호"들이 가득한 상자에서 말을 꺼내는 일과 같은 것. 수많은 말들이 "벽에 부딪"치지만, 시인은 그 부딪침 속에서 언어를 꺼내기 위해 "벽을 두드리는 소리"에 귀를 기울인다. 질서의 "벽"을 두드리는 언어, 그렇게 "벽"에 부딪치는 언어의 외침을 시인은 들어 보려는 것이다. 그런데 그

가 이 일을 계속하는 이유는 무엇 때문일까. 그것은 이러한 시도가 질서에 떨림을 일으키고, 무채색 공간에 "철마다 예쁜 색감의 옷을 만들" 것이라는 믿음이 있기 때문일 것이다. 창을 열고 무채색 하늘을 바라보면, 더디지만 언젠가는 달빛이 보일지도 모른다는 시인의 기다림이 있기 때문이다.

이렇듯 조금 더 시간이 필요할지도 모른다. 잃어버린 "너"의 슬픔에 온전히 다가가기 위해 "너를 오래 들어다 보"(새콤한 방울토마토는 화요일마다 껍질을 벗는다)는 기다림이 요구되듯이. 그러므로 위 시에서 시인은 "아직은 걸음이 무겁다"라고 말한다. 언젠가 모든 일은 잘될 것이라는 희망이 있지만, 희망은 소중할수록 쉽게 가까이 가기 어렵기만 하다. 이것은 마음의 문제가 아니다. 타자의 슬픔에 온전히 다가가고, 망각된 그들의 목소리를 기억하기 위한 일. 이것은 마음만으로 해결하지 못하는 일이기에. 그렇다면 무엇인가 변화가 필요할지도 모른다.

단지 기다리는 것이 아닌, 그저 무채색 세계를 바라보는 것이 아닌 변화. 그것은 무엇으로 가능한 것인가. 당연하게도 그것은 시인의 언어다.

3

타자를 만나기 위해 주체는 가장 먼저 자신의 언어에서 해방되어야 한다. 주체의 입에서 나오는 언어는 본능적으로 말하려는 대상을 자기화하여 말할 수밖에 없기 때문이다. 우리가 편견에 사로잡히게 되는 것도 바로 이러한 이유에서다. 우리가 사용하는 언어는 말하는 사람이 의도하는 개념으로 굳어지기 쉬운, 지극히 자기중심적인 성격의 것이므로. 따라서 타자에 대해 말하기 위해 주체는 자신의 목소리를 내려놓아야 할지도 모른다. 자신의 태도가 아닌 타자의 태도로 말하는 마음, 이러한 마음으로 말할 때, 비로소 타자의 목소리는 생명을 얻을 수 있는 법이니까. 「거위의 문장」을 읽어 보자.

> 공기가 소리를 삼키고 있다
>
> 이것은 사랑이 시작됐다는 것이다
>
> 넋을 놓고 앉아 한 계절을 지나는 중
>
> 부고가 왔다
>
> 무거워진 만큼 내 마음을 스스로 위로하며
>
> 날아오를까 생각 중이다
>
> —「거위의 문장」 부분

이것은 거위의 목소리다. 거위의 목소리로 발화되는 시

인의 감각은 "공기가 소리를 삼키고 있"음을 느끼게 하고, 이러한 짧은 순간에 사랑이 시작될 수 있음을 언어화한다. 공기가 소리를 삼키는 순간, 쉽게 형상화할 수 없는 미묘한 감정의 순간을, 시인은 "거위의 문장"으로 질서에 틈을 열고 그 감각을 꺼내어 보여 준다. 주목되는 부분은 위 시에서 사랑이 시작된 후, 이어 슬픔("부고")의 시간이 도래한다는 점에 있다. 아마도 "한 계절을 지나는 중"이라는 표현처럼, 사랑이 이어지는 중에 슬픔의 시간이 도착했으리라. 사랑과 슬픔은 결국에는 결이 같다는 이유 때문일까. 아니면, 사랑을 느낄 때 더 아프게 다가오는 감정이 슬픔이기 때문일까. 어쩌면 전자와 후자를 선택하는 게 큰 의미가 없을지도 모르겠다. 중요한 것은 시인이 "거위의 문장"으로 사랑과 슬픔의 감정을 이어 놓았다는 것이며, 이러한 감정의 테두리에서 우리의 삶도 크게 벗어나 있지 않다는 사실이다. 사랑의 떨림, 그리고 부고로 인한 슬픔의 떨림, 모두 우리의 마음에 파장을 일으키는 것은 변함없으므로.

그러므로 '거위의 문장'은 타자의 문장이면서 우리의 문장이나 다름없고, 거위가 적어 놓은 사랑과 슬픔에 관한 이야기는, 우리를 살피는 시인의 섬세한 마음과 다름이 없다. 사랑은 슬픔이기도 하고 슬픔 또한 사랑으로 이어질 수 있다는 사실처럼, 우리는 서로가 주체이면서 타자가 될 수 있는 것이다. 이처럼 시인은 주체와 타자가 만드는 삶의 스펙트럼 속에서 조금씩 마음의 채도를 높여 가고자 노력한다. 이것은 타자를 주체의 자리로, 주체를 타자의 자리로 준비하는 새로운 변화를 일으킨다. 그리고 이러한 시인의 노력은 무채색 세계에 새로운 빛의 공간을 여는 움직임을 보인다. 그렇게 시인은 "태양을 찾아 옆구리에 넣는다".

> 비 내리는 날
>
> 너를 오래 들어다 보았다
>
> 지지대도 없이 잘도 자란다
>
> 바람 부는 쪽으로 웃음을 짓는 자신만의 생존법
>
> 알몸을 숨기기에 바쁘다
>
> 빨강 노랑 파랑 귓속에서 새싹이 자란다
>
> 태양을 찾아 옆구리에 넣는다
>
> ―「새콤한 방울토마토는 화요일마다 껍질을 벗는다」 부분

망각하지 않기 위해, 그렇게 타자를 기억하기 위해 시인은 한 가지 감각이 아닌 여러 개의 감각을 시 속에 깨워 놓는다. 이것은 특히 너를 오래 "들어다 보았다"라는 말에 양각되어 있다. 일반적으로 누군가를 기억하기 위해 오래 '들여다보다'라는 언어를 사용하지만, 시인은 자세히 살핀다

는 의미로 하나의 음운을 바꿔 사용한다. 물론 작은 변화이다. 그러나 시인은 '[ㅕ]'를 '[ㅓ]'로 대체함으로, 질서에 균열을 내고 의미의 확장을 일으킨다. 이로 인해, "들어다 보았다"는 표현은 시적인 허용으로 읽히게 되고, 너를 오래 '들어(들다)' 보기도 하고 너의 목소리를 '들어(듣다)' 보기도 한다는 두 가지 의미가 이곳에 함께 포개어진다. 여기에 시인이 가진 희망이 숨어 있다. 시인은 다른 존재의 슬픔을 온몸으로 감각하는 사람. 그의 시에는 타자를 위해 그들의 목소리를 듣고, 오래 어루만지려는 섬세한 마음이 있다. 이 얼마나 아름다운 마음인가. 시인의 마음으로 무채색 세계에는 "바람 부는 쪽"을 향해 "웃음을 짓는" 의연함이 새겨지고, "빨강 노랑 파랑 귓속에서 새싹이 자"라나는 미래를 꿈꿀 수 있게 되니까.

시인의 사랑이란 이런 것이다. 그의 시에는 언제나 타자의 움직임에 더 섬세하게 다가가려는 소중한 마음이 함께 새겨져 있다. 겉으로 잘 보이지 않지만, 무채색으로 가득한 시 한 곳에는 타자의 움직임을 소중히 여기려는 시인의 배려가 함께 존재하는 것이다. 이러한 시인의 마음은 "나비들의 시끄러운 소리가 들려오"(「꿈의 바깥에는 붉은 날개가 산다」)는 것을 인식하게 하고 "파르르 떠는 꽃 이파리 잠시 한눈파는 사이"(「23시의 여자」)를 감지하게 하며, "여름, 흩어진 발톱을 주워 그늘을 덮어 주"(「너는 이미 네게 허락했으니까」)는 세심한 배려와 포용의 모습으로 시집 곳곳에 숨겨져 있다는 사실. 이 사실이 이번 시집을 더 따뜻하게 하는 이유이니, 이제 시집을 다시 펴고 시인의 사랑을 느끼자.「따뜻한 몇 초」가 기다린다.

4

냉장고 문을 연다
비린 몸을 핥으며 걸어 나오는 것은 무엇일까
봄바람이 분다
숲의 계단에서 큰 잎사귀가 내 옆에 앉으며 무너진 물소리를 내고

하얀 머리칼을 가진 큰 소나무가 내 머리를 손질한다
지퍼를 열면
거꾸로 가는 세상 내가 사는 미래
아무도 열 수 없는 현재가 쏟아진다
타들어 가는 냄새를 없애는 것은 진통제일 뿐
목구멍에 고인 울음이 아직 내려가지 않는다

꽃잎을 흔들며
나뭇잎을 흔들며
열매를 떨어뜨리며
악기를 연주하는 식물들

소매가 나풀거린다 낮인데도 어둡다 긴 골목길이 여러 갈래로 찢어진다
담벼락에 손을 맞댄다
따뜻한 몇 초
푸른 나비가 어른거린다

계란 껍데기가 부서져 공중을 떠돌 때

건기와 우기를 지나며 온몸에 귀를 매달고 날갯짓을 배웠다
세상 밖으로 나가고 싶은 발가락들
우린 모두 고아야

사각 도시락 위에 계란후라이

그 따뜻한 몇 초

—「따뜻한 몇 초」 전문

시인이 몰고 오는 비바람의 무채색 공간. 그곳에는 언어의 질서를 해체하며 만들어지는 따뜻한 세계가 함께 존재하고 있다. 이 세계는 "목구멍에 고인 울음이 아직 내려가지 않는" 고통의 틈을 열고 "악기를 연주하는 식물들"의 비유와 함께, 슬픔에서 사랑으로 어둠에서 희망으로 이어지는 새로운 길을 내고 있다. 그러므로 "낮인데도 어둡다"라는 화자의 말은 더 이상 어둡다는 말이 아니다. 말하지 않

았던가. 무채색 세계에서 밤은 낮과 같은 것이라고. 시인이 만드는 무채색 세계. 그곳에 숨겨진 "따뜻한 몇 초". 건기와 우기를 통과하며 우리가 배운 "날갯짓". 이 모든 것이 시인이 준비한 마음이다. 그렇다. 시인이 준비한 세계에서 우리는 모두 고아이다. 시인의 언어를 갈구하는 고아. 이제 우리 앞에 놓인 시인의 정성을 보며, "사각 도시락 위에 계란후라이"와 같은 따듯함을 찾아 떠나자. 그 "따뜻한 몇 초"는 곧 "꽃들을 환영하는 접속의 시간"(「파란 장미 속에는 등장인물이 빠져 있었다」)이니, 이번 시집을 읽을 때마다 당신의 영혼은 파란 하늘로 채색되어 갈 것이다. 시인의 준비한 꽃과 함께.